É uma manhã linda e ensolarada na floresta e Davi, o dinossauro, acorda com um sorriso gigante no rosto. Para ele, é um dia muito especial. Hoje, Davi, o dinossauro, vai de férias!

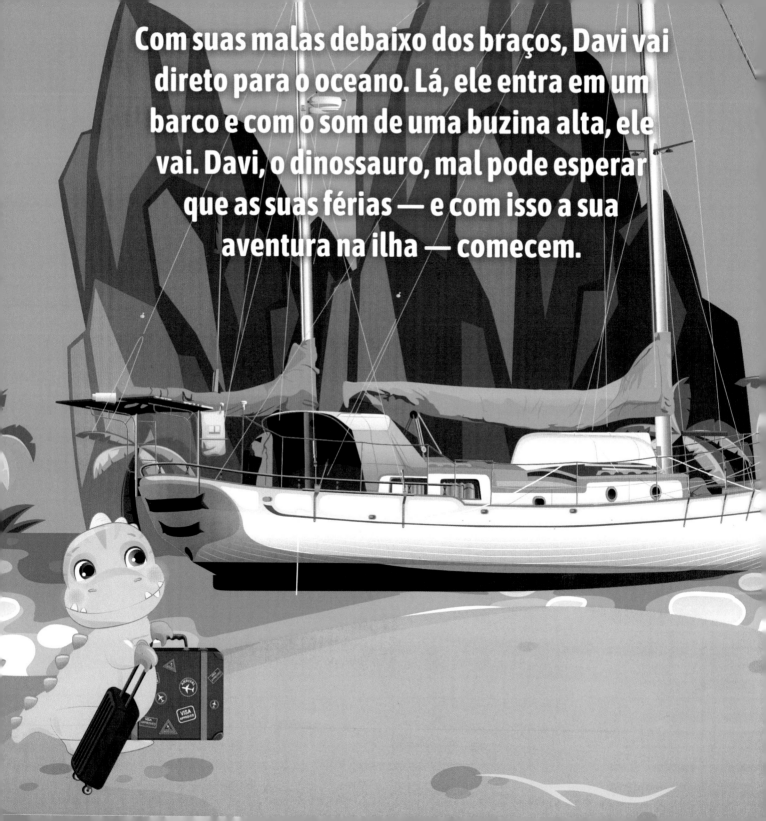

Com suas malas debaixo dos braços, Davi vai direto para o oceano. Lá, ele entra em um barco e com o som de uma buzina alta, ele vai. Davi, o dinossauro, mal pode esperar que as suas férias — e com isso a sua aventura na ilha — comecem.

No barco, Davi está tomando bebidas geladas e tomando sol no convés. Davi entra no espírito da ilha antes mesmo de pôr os pés nela.

Depois de um tempo, a ilha aparece no horizonte e Davi fica animado. Quando ele sai do barco, seu coração começa a bater de emoção.

Música boa está ecoando de uma direção desconhecida, a praia parece deslumbrante, e cada animal ao redor parece tão feliz e relaxado.

Davi estava indo para a praia para relaxar, mas não tinha ideia de que encontraria amigos ainda maiores. Turistas e moradores locais ficam felizes em parar e conversar.

Assim que o dinossauro chega à praia e vê como os animais vivem lá, ele não quer perder um segundo do seu dia. O dinossauro se instala na sua pequena barraca na praia.

Ele imediatamente dá uma volta e
conversa com qualquer local ou turista
que ele encontra passeando na praia.

Depois de um tempo, Davi vê um bar onde as ondas encontram a areia macia e seca da praia. Então, o dinossauro se senta e encontra o barman macaco com um colar de flores coloridas em volta do pescoço.

"Olá, olá, o que eu posso te oferecer?"ele pergunta a Davi. "Me surpreenda! Quanto mais frutas, melhor!" Davi fala e o barman faz um coquetel de frutas com um guarda-chuva minúsculo e colorido saindo do copo para ele.

Davi nunca se sentiu tão relaxado. Aqui na ilha, ele é maior do que quase todos, mas ninguém olha para ele de forma estranha. Todos os tipos de animais estão por toda parte à sua volta e ele se encaixa perfeitamente.

Depois que ele termina sua bebida, Davi pede para participar de um jogo de futebol na praia e os animais o recebem de braços abertos. Davi, o dinossauro, sente-se perfeitamente em paz.

Depois de algum tempo, o dinossauro decide dar um mergulho no oceano. Ele salta de cabeça e mergulha para dizer 'Oi' a toda a vida marinha abaixo da superfície.

Quando Davi sai da água, ele percebe que a praia está suja. A maioria dos turistas foi jantar e deixou lixo na praia.

"Ei, você não precisa fazer isso", Davi ouve
uma voz enquanto está limpando.
"Não, eu sei, mas eu quero", ele responde.

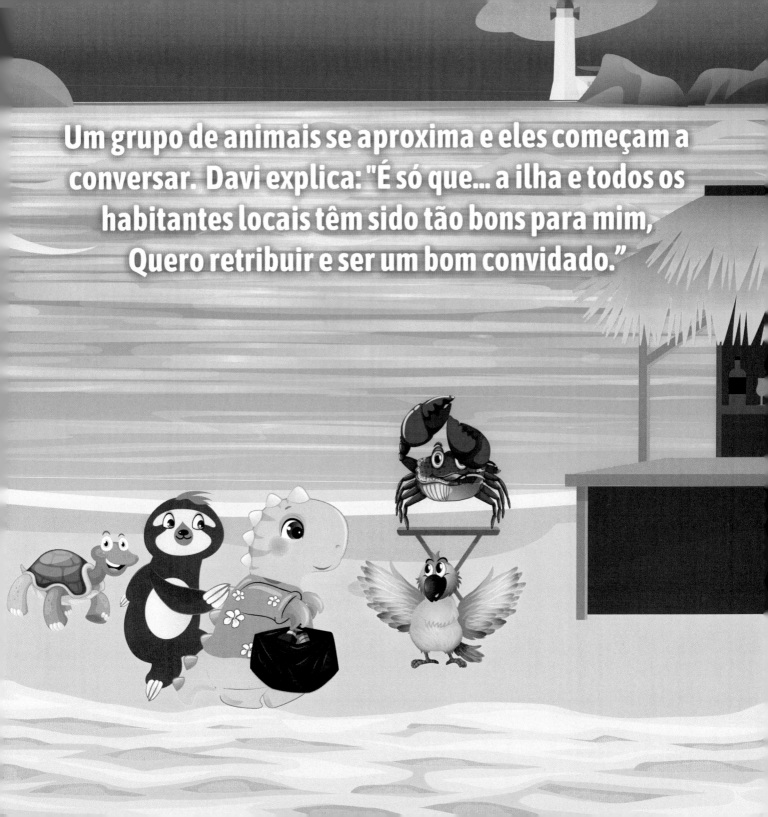

Um grupo de animais se aproxima e eles começam a conversar. Davi explica: "É só que... a ilha e todos os habitantes locais têm sido tão bons para mim, Quero retribuir e ser um bom convidado."

Todos eles lhe dão grandes sorrisos e Teri, a tartaruga, diz: "você vai se encaixar bem." "Venha, venha conosco", diz Cory, o pequeno caranguejo, e eles começam a andar.

Poppy, o papagaio voa no ar e guia os animais pela selva densa. Eles caminham por um tempo e chegam à maior e mais bela praia que Davi já viu.

"Isto é incrível! Por que não há mais animais aqui? Onde estão todos os turistas?" Davi pergunta.
"Bem, milhares de animais vêm à nossa ilha todo verão, então você sabe, temos que manter pelo menos algo para nós mesmos."

"Vamos!" Sammy diz e pula na água. Todos o seguem e também saltam na água. Davi brinca com seus novos amigos por horas e horas, até que esteja completamente exausto.

Depois de um primeiro dia incrível,
Davi passa as suas férias inteiras
fazendo mais amigos e tendo aventuras
ainda mais incríveis como esta.

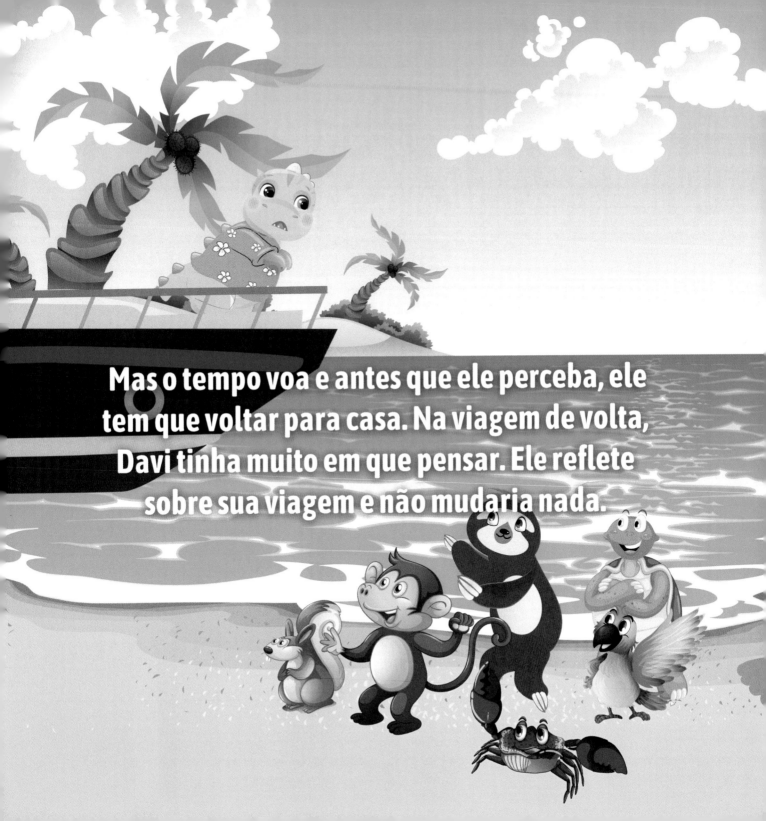

Mas o tempo voa e antes que ele perceba, ele tem que voltar para casa. Na viagem de volta, Davi tinha muito em que pensar. Ele reflete sobre sua viagem e não mudaria nada.

Davi também aprendeu algumas lições valiosas. Bem, ele sempre soube, mas agora ele tem certeza. Coisas boas acontecem a pessoas boas e amáveis. Seus atos gentis e generosos na ilha valeram a pena imediatamente, e ele fez amizades que durarão a vida toda.

Visite o nosso website
www.claudia.cool-books.net

Você tem alguma pergunta, comentário ou sugestão que gostaria de compartilhar conosco? Mande uma mensagem para nós no site. Se você gostar do nosso livro, por favor escreva um comentário. Obrigado.

Made in United States
Orlando, FL
05 October 2024

52386354R00015